RAAZ

THE MYSTERY OF SILENT MOUNTAINS....

AAGAZ

Made with ♥ on the Notion Press Platform
www.notionpress.com

Dedicated to someone special who gave me the inspiration to start writing..........

Contents

Foreword

The story of the closed mystery of the mountains in the depth of the Wild forests , crystal clear water of the dazzling river . It has the adventure of the person who has suffered alot in the journey of his findings in these trails , a story of a person how lost many things in his journey.........

Acknowledgements

Thanks to my friend , who has given me the idea to write this story for you people .

As i have written this in a newer way of whatsaap language or simply we can say it HINGLISH ....

ONE
SHURUWAT

Ye baat shuru hoti hai un khubsurat fizaon se jiska didar wahan baithe do dost kar rahe hai . Vo yaad karte hai apne Hostels ke din , vo sath mai ki hui shararte , vo sath bitaye hue lamhe . Mauka bahut khas tha , dost ki shadi jo thi . Aur vo dost tha "Dhananjay" aur log pyar se Jay kehte the usse . Vahin jo sath baitha tha vo tha Madan . Jay kafi shayarana mijaz ka tha aur ho bhi kyun na kaafi khubsurat vaadiyo mai ghar tha uska jo apne aap hi majboor karti thi .

Un vaadiyo par Jay kutch kehta hai :

> "*Ye vaadiya hamari lagti kaya hai maaloom nahi ,*
> *Bus ek apnapan sa lagta hai inme......*"

Baat dono doston mai chalti rahi aur dono us angithi ka maza le hi rahe the ki achanak ek aawaj dastak deti hai darwaje par . Darwaja khulta hai aur ek khushi ka bhav aata tha Madan ke chehre par . Ye aur koi nahi Madan ki mangetar thi "Ginni" .

Khane ki tyariyan chal rahi thi ye log bhi baaton mai mashgul the . Sabhi khana kha kar sone chale jaate hai aur ab aagaz hota hai naye din ka...........

TWO

KIRAN.....

Suraj ki nayi kiran ke sath aagaz ho chala tha naye din ka Jay busy tha apne kaam mai . Jay ab kaafi naami aadmi ho chala tha kutch saal naukri ke baad ab vo rajniti mai aa gaya tha . Likin ab toh uski shaadi thi , kaafi kam umar mai itna kutch paa lia tha isne ab ek naya adhyaye likhne ja raha tha apni zindgi ka ye jiske gavah , Madan aur uske baki log banne ja rahe the.....

Pure din ki bhag daud aur fir itne saari chizon ki tyari karne ke baad jay apne dost ko apne aas-paas ki jagah ke baare mai batata hai aur Madan bhi dhyan se sun raha hai .

Kutch samay baaten karne ke baad Madan aur Ginni nikalte hai bahar tehlne ke lie . Jay ka ghar nadi se kutch hi doori par tha toh Madan iss moment ko khaas banana chahta tha , isliye vo Ginni ko nadi ke pass lekar jaata hai . Dono ek pathar par , paani mai per duba kar baithe hue the . Madan aur Ginni ki vo baaten chal hi rahi hoti hai ki achanak Ginni ke per mai kutch lagta hai , Ginni ne uss jagah ke baare mai padha tha ki Trout machli aksar iin nadiyon mai paayi jaati hai . Ginni unhe dekhne ke liye thoda jhukti hai aur achanak chillane lagti hai . Madan bhi pareshan hokar niche ki taraf dekhta hai toh uske bhi pero tale zameen khisak jaati hai . Ek ajeeb sa chehra paani se nikal raha tha . Han , Vo ek laash thi . Dono ghabraye hue ghar vapis bhagte hai saara mamla Jay ko pata lagta hai .

Police aati hai mamla darj hota hai MLA Jay ab firse surkhiyon mai tha............

THREE
NAYA MOD

Khabar pure shehr mein pata chal jaati hai . Wahi dusri tarf Ginni aur Madan ghabraye hue the , Kal dost ki Shaadi ke baad Ginni jaldi wahn se jaana chahti thi . Jay ke liye khabren , surkhiyan aam baat thi vo apni shaadi ke baad vapis unhi din ki chizon mai lag jata hai . Thode paise dekar aur apne rutbe ka istemal kar Jay iss mamle ko shant kar deta hai likin Madan isse nahi bhula paa raha .

Ek shaam vo kamre mai baitha iss ke baare mai soch hi raha tha ki uski nazar khidki se bahar uss kinare par padti hai vo sundar dikhne wala kinara ab utna hi khufnaak aur rehsyamayi lag raha tha .

Agle din kutch bahana bana kar Madan Ginni ko vapis bhej deta hai aur khud vahi ruk jaata hai , Jay ussi samay apne ek daure se lauta hi tha , raat ko dono khana kha rahe the . Ki Madan achanak Jay se iss kand ke baare mai putchta hai . Jay bhi pehle toh isse nazarandaz karta hai lekin fir baad mai muskurate hue kehta hai ki :

" Gumnaam hai rahe yahan ki ,
Shant hai vaadiyan ,
Raaz samete khud mai jo ,
Vo hai inn pahado ki nadiyan......."

Ye sun kar Madan thoda pareshan toh tha lekin ab ye mehez chand lines nahi thi uske liye ye ab ek ansuljhi paheli ban rahi thi.........

FOUR

BHOOJHO.....

Naye din ka aagaz aur wahi naye sawal Madan ke dil mai . Madan ne ab wahan ke baare mai janna chaha jiske liye usne dastak di ek buzurg ke ghar mai . Vo Madan ko uss jagah ke baare mai batate toh hai par ye uske kaam ka nahi tha . Aakhir mai Madan ab faisla kar hi leta hai ki ab jo bhi ho vo putchega toh sirf Jay se hi . Raat ko Jay vapis ghar par aata hai aur Madan usse fir inn sab chizo par baat karta hai iss bar Jay , Madan se kahin chalne ko kehta hai .

Vo dono bahar khadi gaadi mai baithte hai Jay driver ko vahi rehne ko kehta hai . Jay aur Madan ab gaadi mai kahin jaa rahe the , lekin kahan iss baat se Madan pura anjaan . Vo raat ka samay , vo thandi havayen , aur uss pathrile raaste par Jungle se guzarti unki gaadi . Yun toh madan dar bhi raha tha lekin vo iss "Raaz" ko beparda karna chahta tha .

Thodi der baad vo gaadi rukti hai aur Jay Madan se utarne ko kehta hai vo usse lekar jaata hai ek gaon mai , jo ki aur kisi ka nayi khud Jay ka hi hota hai . Dono Jay ke uss purane ghar mai pahunchte hai der jayada ho jaati hai issliye Jay Madan ko aaram karne ke liye kehta hai aur usse bharo dilaya jaata hai ki vo uske sabhi sawalon ka jawab jaroor dega . Madan aur Jay so toh jaate hai lekin achanak raat ko Ginni ka phone aata hai pareshan Madan achanak uthta hai aur vapis jaane ki tyari karne lagta hai . Jay bhi usse putchta hai ki achanak aisa kaya hua ki Madan itna pareshan hai . Lekin Abhi Madan koi jawaab nahi deta hai aur bus

Jay ko chalne ko kehta hai . Jay bhi dost hone ke naate usse apni Sarkari gaadi mai ghar bhejta hai .

Lekin Madan Jay se ek baat jaroor keh kar jaata hai ki vo jawaab lene vapis jaroor ayega............

FIVE

VAAPSI....

Vo subha ka ek khushnuma din tha takhreeban ek mahina ho gaya tha Madan ko gaye . Ek case ke silsile mai Madan ka jaana jaroori tha . Iss case ke baad vapis Madan aata hai apne dost Jay ke pas . Lekin iss baar kutch kitabe hai usske hath mai jo ki us jagah ke baare mai batati hai .

Ye jagah ek nadi kinare basi thi , nadi aage ek dusre rajya mein jaakar milti thi issi wajah se kai raaz ke iss jagah ke .

Inn ansuljhe rahesyon ko suljhane ka jazba lekar aya tha Madan . Jay aur Madan shaam ko fir ussi jagah ke liye nikal padte hai . Jay usse ek kamre mai lekar jaata hai jahan vo usse kutch aisa dikhata hai jise dekh kar Madan ke rongte khade ho jaate hai .

Vo dikhata hai Pistol , khoon se sani hui do bullets . Aur fir yahan se vo ek aur nayi kahani ki shuruwat karta hai jo shyad kai had tak kaam ki thi . Yahi se kai raaz the jo ab khulne shuru ho rahe the .

Toh yahan inn sabhi chizon ko dekhkar Madan dar toh raha hi tha lekin vo Jay ki kahani bhi bade gaur se sun raha tha . Jay shuru karta hai.......

> *"Socha nahi tha ki hum aisa karenge ,*
> *Unhe dukh dekar khud iss kadar marenge......."*

SIX

ADHYAYE......

Iss sher ke baad Jay apne school ke dino ko yaad karte hue kehta hai ki *"koi tha jo humari jindgi mai khas bankar aya tha"* . Madan samajh chuka tha ki ye kiski baat kar raha tha , lekin yahan usne kutch bhi nahi kaha vo bus sun raha tha . Jay aage kehta hai ki lekin usse bhi uska nahi hone diya tha kisi ne .

Bus ussi din se ek badle ki aag thi uske dil mai jo kai saalon se intezar mai thi intekam ki . Jay ke pas sab kutch tha . Paisa , Naam , Shuhrat lekin vo yani uska pyar nahi tha uske pas . Ek din vo *"bhediya"* na jaane kahan se ghumne aya tha uss jagah par . Jo ki Jay ko pata tha bus fir hona kaya tha Jay usse lene pahunch gaya aur usse lekar gaya apne ussi purane ghar .

Agle din subha vo dono ghumne nikalte hai ghumne ghar ke pitche wale jungle mai . Mauka acha tha Jay ke pas usne bhi apni pistol jeb mai rakh li aur bus mauka milte hi , shoot !

Usne goli chala di aur ye kehte hue chalai ki *"tumne mujhse bahut kutch le liya"* . Aur gira ke aa gaya usse us nadi mai . Ye pehli baar nahi tha jab kisi ne aisa kiya ho aisa aksar iss jagah par hota tha ki laashe terte hue iss nadi se hote hue sidha dusre rajya mai .

Iske baad kaya tha Madan hairan aur pareshan usse uske har sawal ka jawab mil chuka tha ab kaya tha Jay aaj bhi khula ghoom raha hai , Madan ke dil mai aaj bhi ye raaz dafn hai kisi alag si chuppi ke sath .

Ye puri baat khatam hui ek sher ke sath :

"" dekho humne nahi socha tha ki hum aisa karenge ,
kisi ko inn pahado mai zindgi se hi ruksat karenge ,
ye jalan nahi gussa tha humara ,
ye raaz dafn hi rahe inn fizaon mai ye farz hai tumhara""